دار جامعة حمد بن خليفة للنشر
صندوق بريد 5825
الدوحة، دولة قطر

www.hbkupress.com

Copyright text and illustration © 2018 by CARLSEN verlag GmbH,
Hamburg, Germany
First published in Germany under the title PAPA KANN FAST ALLES
All rights reserved

جميع الحقوق محفوظة.

لا يجوز استخدام أو إعادة طباعة أي جزء من هذا الكتاب بأي طريقة دون الحصول على الموافقة الخطية من الناشر باستثناء حالة الاقتباسات المختصرة التي تتجسد في الدراسات النقدية أو المراجعات.

الطبعة العربية الأولى عام 2022

الترقيم الدولي: 9789927161377

تمت الطباعة في الدوحة - قطر.

مكتبة قطر الوطنية بيانات الفهرسة – أثناء – النشر (فان)

جايكوبس، غانتر، 1978- مؤلف، رسام.

[Papa kann fast alles]. Arabic

أنت رائع يا أبي! / تأليف ورسوم غانتر جايكوبس ؛ ترجمة ريما إسماعيل. - الطبعة العربية الأولى. - الدوحة، دولة قطر : دار جامعة حمد بن خليفة للنشر، 2022.

صفحة ؛ سم

تدمك 7-137-716-992-978

ترجمة لكتاب: .Papa kann fast alles

1. الآباء والأبناء -- قصص للأطفال. 2. الأسرة -- قصص للأطفال. 3. القدرات -- قصص للأطفال. 4. قصص الأطفال الألمانية -- المترجمات إلى العربية. 5. الكتب المصورة. أ. إسماعيل، ريما، مترجم. ب. العنوان.

PZ34.9 J35125 2022

833.92– dc23

أَبِي يُؤَدِّي مَهامَّ كَثِيرَةً.
بَلْ إِنَّهُ يُؤَدِّي كُلَّ المَهامِّ تَقْرِيبًا!

أَبِي يَعْثُرُ عَلى أَغْراضِنا المَفْقُودَةِ، حَتّى

الأَجْزاءِ الصَّغِيرَةِ مِنْها؛

قَبْلَ أَنْ تَسْحَبَها المِكْنَسَةُ الكَهْرَبائِيَّةُ.

أَبِي يُعِدُّ لَنا الشَّطائِرَ اللَّذِيذَةَ،
ويُجِيدُ الطَّبْخَ أَيْضًا!
فهُوَ يُحَضِّرُ البِيتْزا والمَعْكَرُونَةَ وأَصابِعَ
السَّمَكِ الشَّهِيَّةَ.

بيتزا!
بيتزا!

جديد
بِيتْزا!

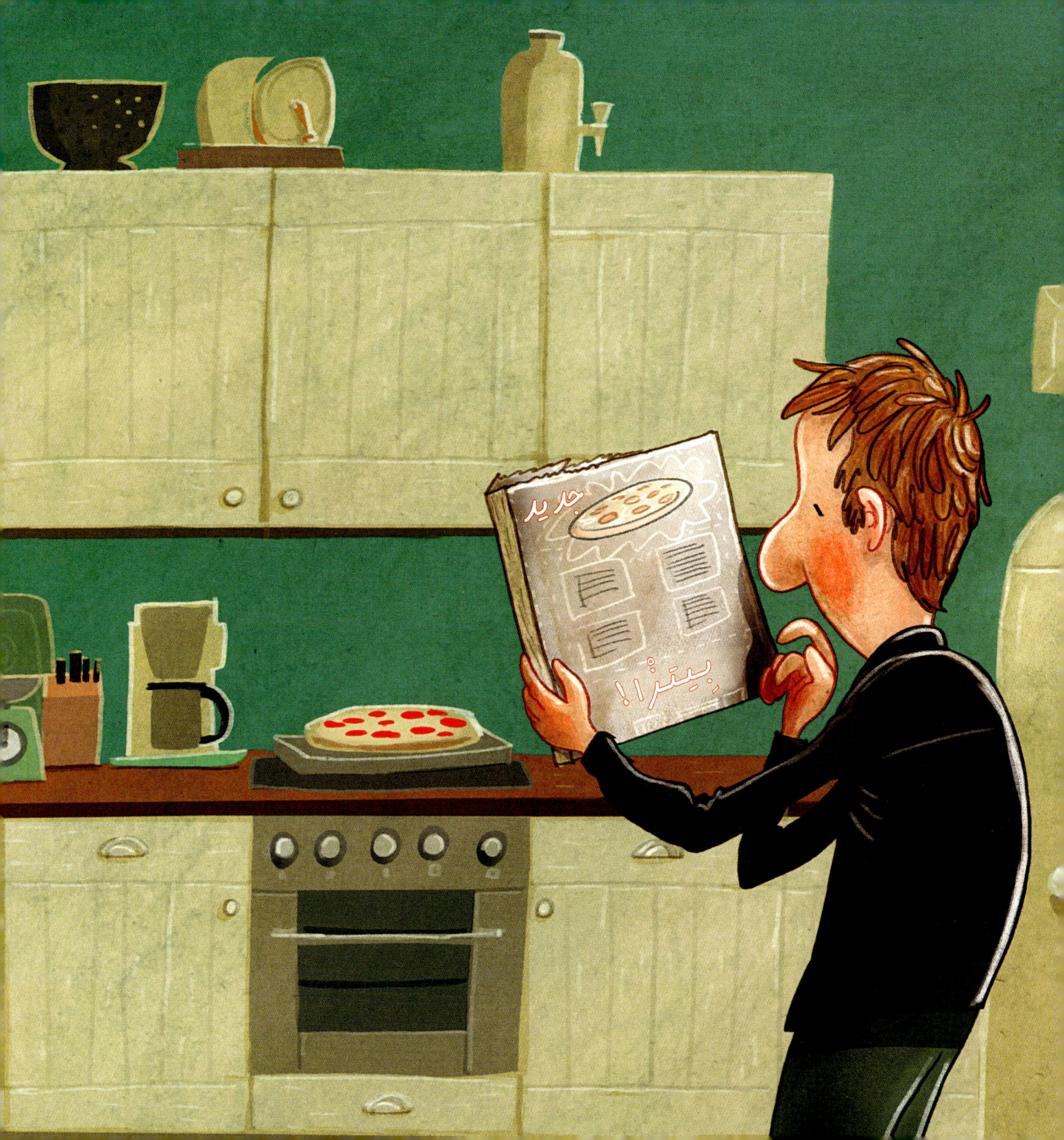

أَبِي يُصَلِّحُ الأَلْعابَ المَكْسُورَةَ.
يَلُومُنا حِينَ نَكْسِرُ أَلْعابَنا، لَكِنَّهُ يُعِيدُها
مِثْلَما كانَتْ تَمامًا.

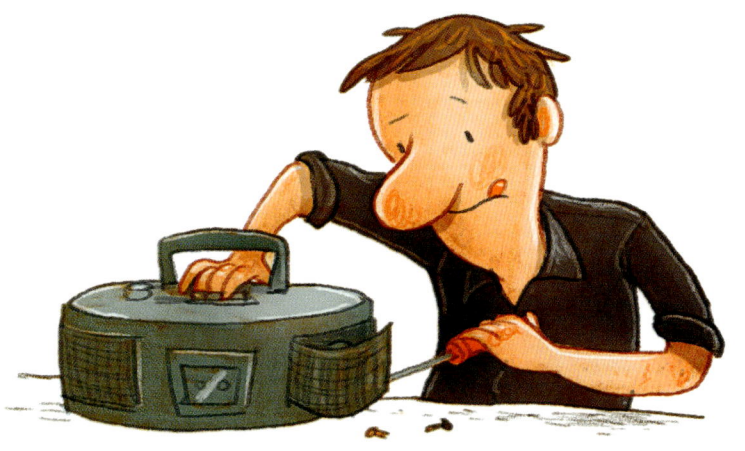

أَبِي يُحاوِلُ تَصْلِيحَ المُسَجِّلِ.
وإِذا أَخْفَقَ، فَإِنَّهُ يَشْتَرِي مُسَجِّلًا جَدِيدًا.

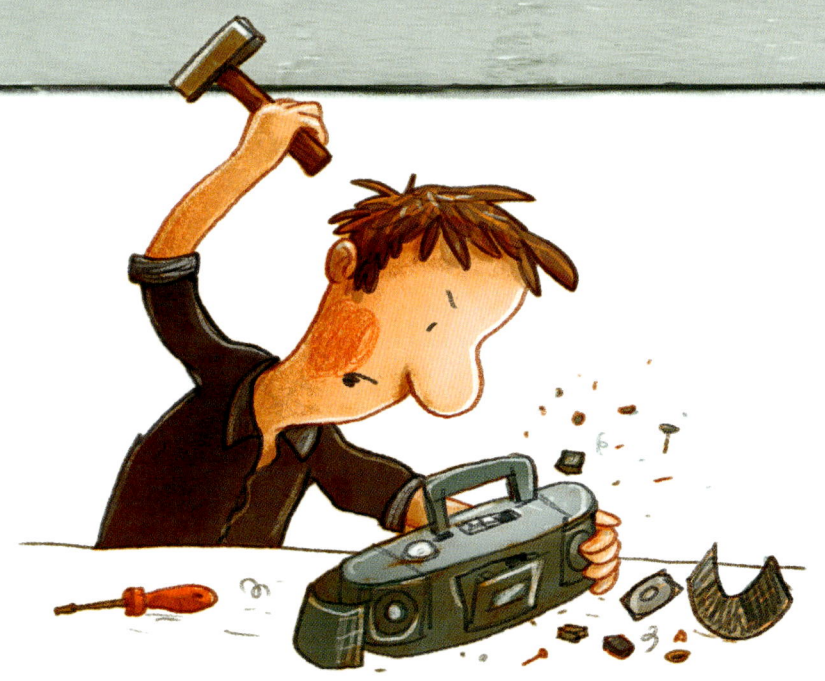

أَبِي يَقُودُ السَّيَّارَةَ بِمَهارَةٍ.

ويَعْرِفُ قَوانِينَ السَّيْرِ أَكْثَرَ مِنَ الآخَرِينَ.

حضانة
الحضانة
مغلقة.
حضانة

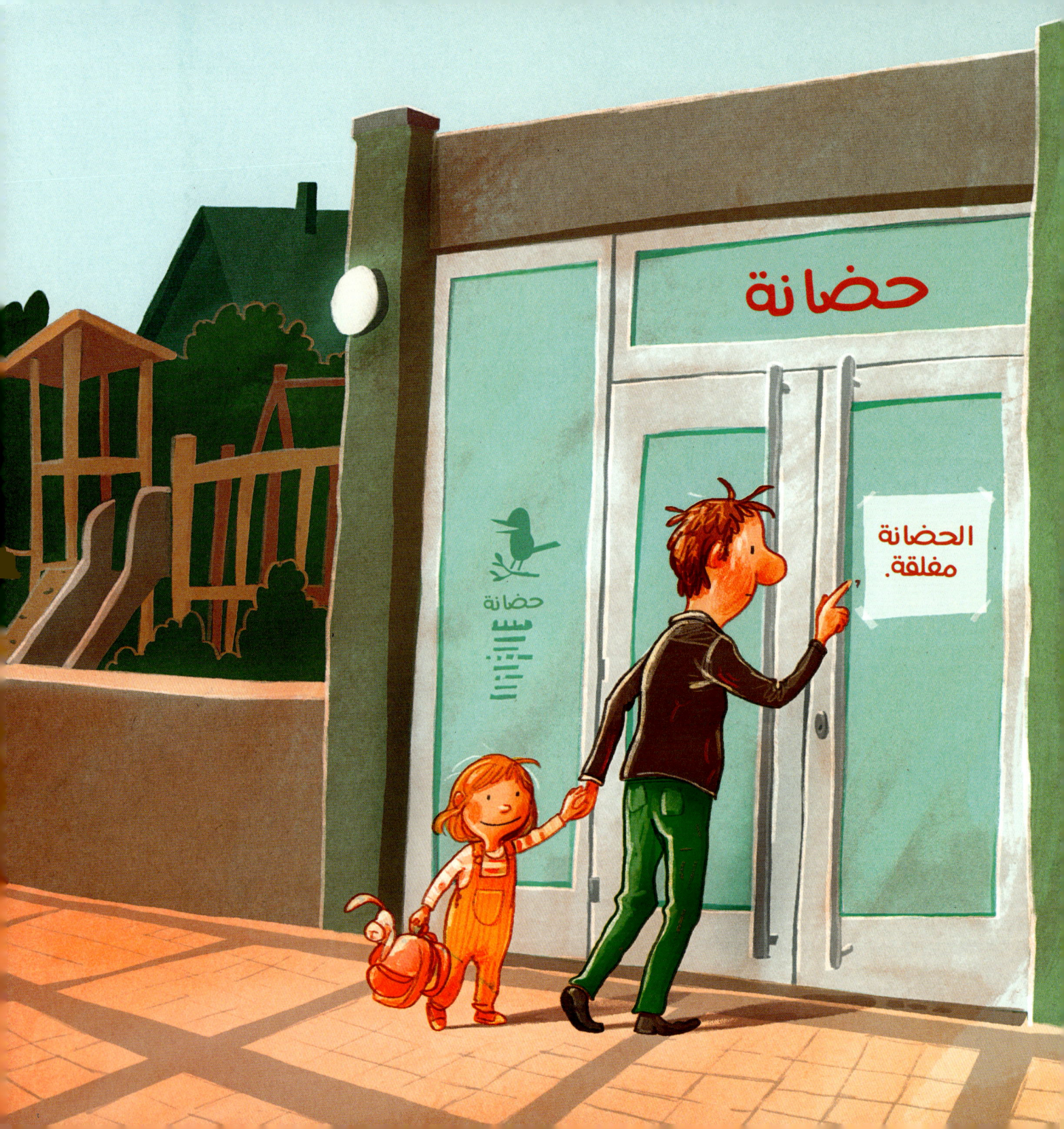

أَبِي يَرْكُضُ بِسُرْعَةٍ كَبِيرَةٍ،
حِينَ نَتَأَخَّرُ فَقَطْ، وَلَيْسَ دائِمًا.

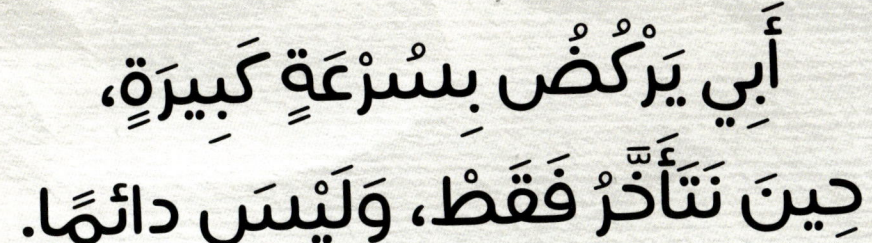

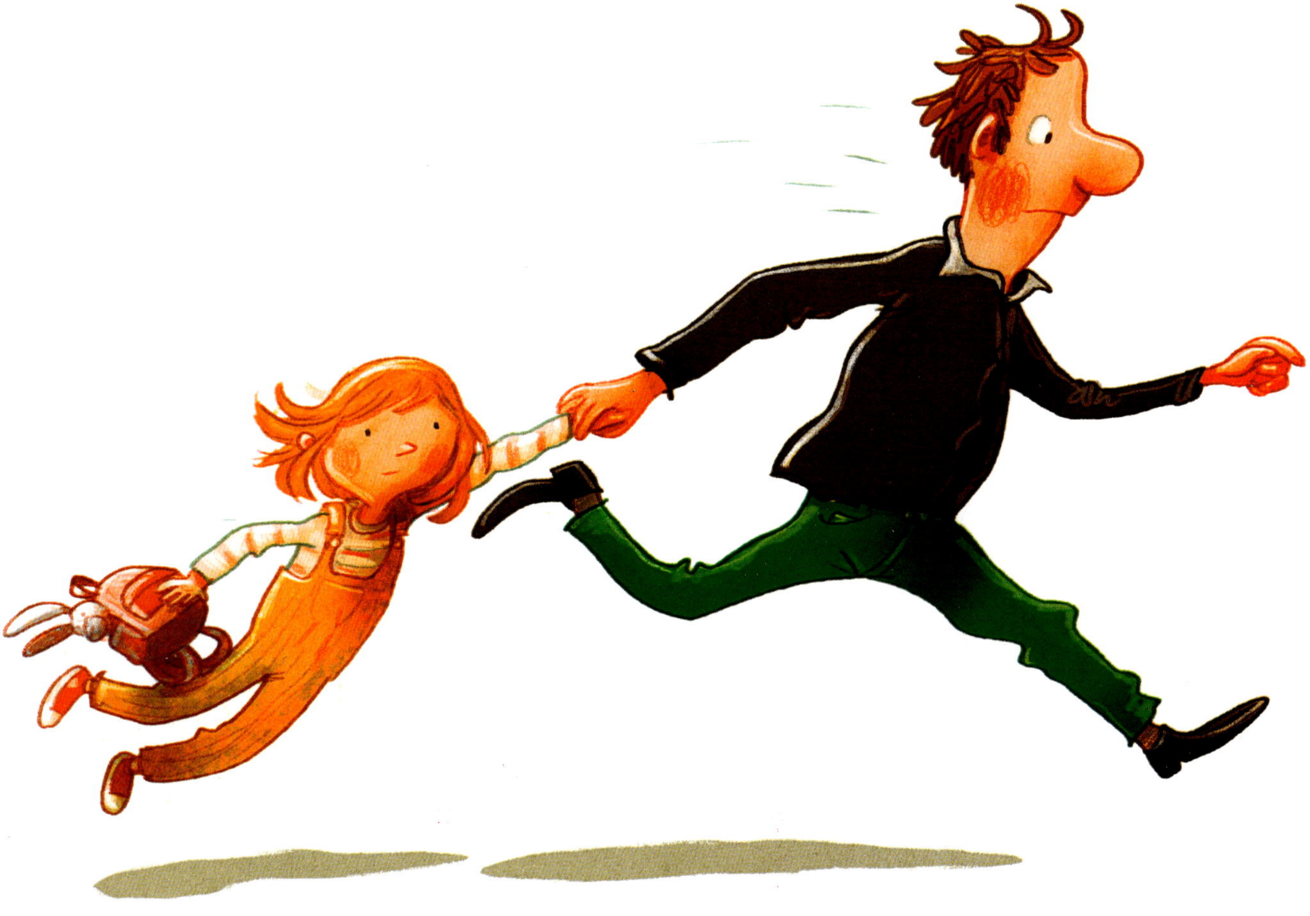

أَبِي يَحْمِلُ أَوْزانًا ثَقِيلَةً...
ويَحْمِلُنا عِنْدَما نَشْعُرُ بِالتَّعَبِ.
والحَقِيقَةُ أَنَّهُ لا يَمْلِكُ خِيارًا آخَرَ!

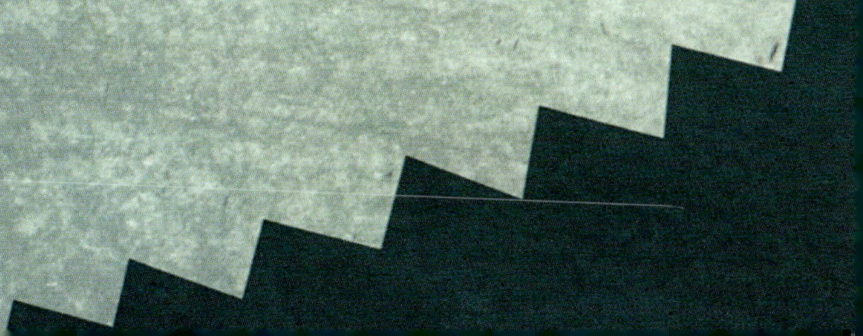

أَبِي يَسْرُدُ لَنا الحِكاياتِ بِأُسْلُوبٍ مُشَوِّقٍ.
وكُلَّما طالَتِ القِصَّةُ نَسْتَمْتِعُ أَكْثَرَ.
وإِذا غَلَبَهُ النُّعاسُ، صِحْنا بِهِ: "اسْتَيْقِظْ يا أَبِي!"

أَبِي يَفْعَلُ كُلَّ ذَلِكَ؛ إِنَّهُ صَبُورٌ!

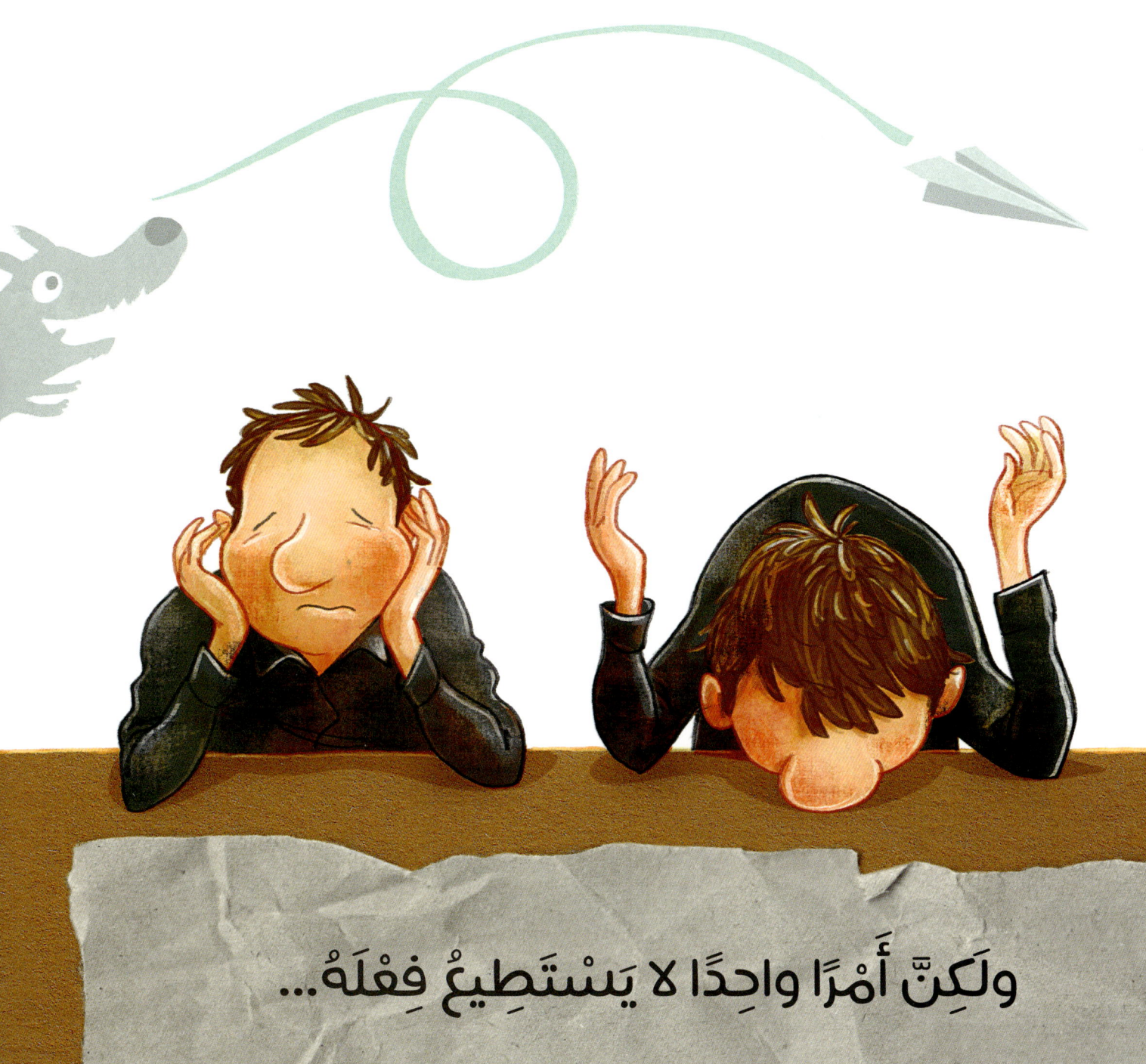

وَلَكِنَّ أَمْرًا واحِدًا لا يَسْتَطِيعُ فِعْلَهُ...

أَنْ يَكُونَ أُمِّي!

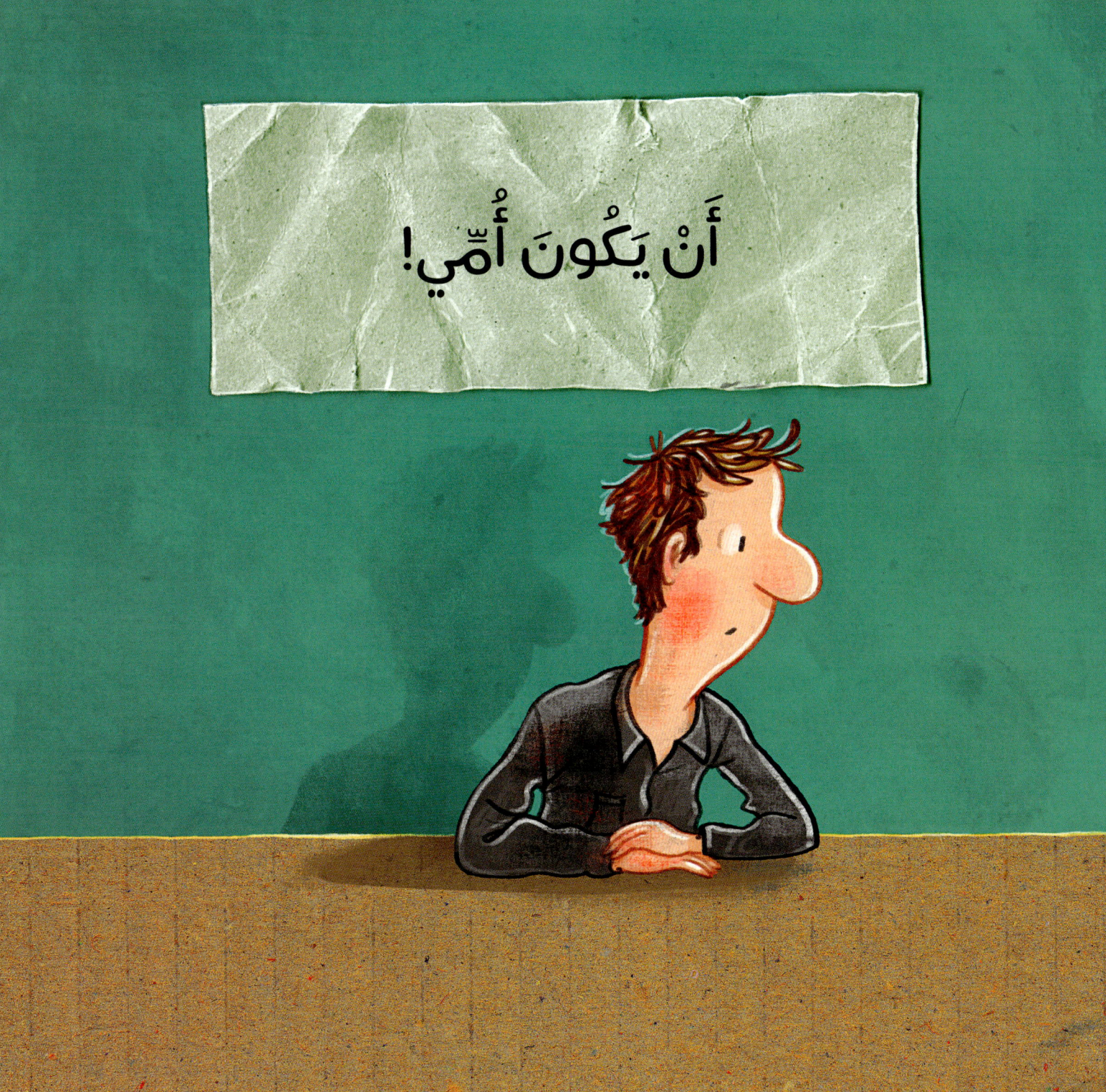

لا بَأْسَ!
فَهَذا الأَمْرُ لَيْسَ مَطْلُوبًا مِنْهُ!
بَلْ هُوَ مُسْتَحِيلٌ!

أَنْتَ رائِعٌ يا أَبِي!